AF215728

Dieses Buch ist für Menschen
mit offenem Herz und Geist geschrieben worden

Gerda Greschke-Begemann

Weihnachtszeit

Friedlich sanft bis mörderisch böse

Bibliografische Information der Deutschen Nationalbibliothek:
Die Deutsche Nationalbibliothek verzeichnet diese Publikation in der Deutschen Nationalbibliografie; detaillierte bibliografische Daten sind im Internet über http://dnb.dnb.de abrufbar.

Illustration: Dr. Peter Greschke

Herstellung und Verlag: BoD – Books on Demand, Norderstedt

ISBN: 978-3-7481-80319

Inhalt

Anfang

Die längste Nacht des Jahres ist vorbei,
der Erdball wird zum Licht sich wieder neigen.
Aufwärts wird es gehen, Hoffnung wird sich zeigen,
dass niemand mehr in Schwermut sei.

Wir setzen Licht zur Weihnacht in das Dunkel,
erhoffen Liebe für die ganze Welt.
Den Heiland preisen wir als Friedensheld,
begrüßen ihn mit festlichem Gefunkel.

In viele Häuser kehrt nun Freude ein.
Man gibt sich Liebe und Geschenke,
wünscht, dass ein gutes Schicksal lenke
die Wege in ein friedliches Dasein.

Helle Wünsche zur Weihnacht

Den Schlafsuchenden wünsche ich Ruhe,

den im Traum Gejagten Frieden,

den Trauernden Licht in die Seele,

und den Flüchtenden eine Heimstatt.

Den von Angst Gepeinigten wünsch ich Befreiung,

allen von Armut Gequälten die nötigen Mittel

und die Kranken mögen schmerzfrei genesen.

Den Hassenden sei Liebe ins Herz gepflanzt,

den Gierigen viel Mitgefühl

und Gelassenheit den Neidern.

Doch ich bin keine Göttin.

Ob ein Heiland die Wünsche erfüllt?

Alma ist einsam

Sie hatte den kleinen alten Sessel ganz nah an das Fenster gerückt und ein altmodisch besticktes Kissen auf die Platte der Fensterbank gelegt. Darauf stützte sie ihre Ellenbogen, nachdem sie sich gesetzt hatte. Ihren Blick richtete sie durch die neuen Isolierglasscheiben. Warme Luft stieg vom Heizkörper auf und strich über ihre faltigen Wangen. Es gab niemanden sonst, der ihre Haut streicheln könnte. Außer dem Fernsehgerät gab es überhaupt nichts, was Leben in ihre letzten Jahre bringen konnte.

Daher saugte Alma das Leben auf der Straße vor ihrem Fenster auf. Sie kannte jede Einzelheit dort unten. Heute standen wieder grüne Mülltonnen vor den Häusern, angewidert stellte die alte Frau sich die fauligen Gerüche der Tonnen vor. Immerhin, jetzt im Winter rochen sie weniger beißend als im Sommer.

In diesem Augenblick veränderte sich der Bildausschnitt zwischen den Häusertürmen. Eine Mama mit Kinderwagen tauchte auf, eilig versuchte sie, ihr Kind vor dem soeben eingesetzten Schneeregen zu schützen. Sie

nahm ihr olivfarbenes Tuch vom Hals, bedeckte die helle Wäsche im Kinderwagen damit und zog das Verdeck des Wagens so tief wie möglich hinunter. Weiter hinten tauchte ein Mann mit Rollkoffer an der Straßenecke auf, seinen Kopf vorgestreckt, als würde er sein Schicksal jagen, was aber Blödsinn war, denn das Schicksal spielte doch längst mit ihm. Herzlos kicherte die Frau hinter der Fensterscheibe.

Seitdem Alma neulich, unbeweglich hinter ihrer Wohnungstür horchend, das Gespräch zweier Nachbarinnen im Treppenhaus belauscht hatte, wusste sie, dass dieser Mann seit zwei Jahren viel Unglück hatte ertragen müssen. Seine gut bezahlte Arbeit bei einer großen Bank hatte er verloren, die Ehe war daran zerbrochen, seine Frau hatte sich scheiden lassen und lebte mit den beiden Kindern weiterhin in dem schönen Haus im Stadtbezirk der Reichen.

Der Mann hatte sich hier, in der grauen Straße der armen Leute, eine Wohnung mieten müssen. Alma schätzte das Alter des Pechvogels auf Mitte vierzig. Ha! Als sie noch so jung gewesen war, konnte ihr Chef Ingo überhaupt nicht auf sie verzichten, weder im Büro noch

im Bett. Aber als sie gerade ihren zweiundfünfzigsten Geburtstag gefeiert hatte, da konnte der Chef sie dann plötzlich doch entbehren und nahm sich eine jüngere Assistentin.

Bitterkeit und Hass stiegen in Alma auf. Wie oft hatte Ingo ihr damals versprochen, sie zu heiraten, sobald seine Tochter das Abitur geschafft hätte; sogar eine Abtreibung hatte sie ihm zuliebe auf sich genommen und danach unter seiner unerbittlichen Kontrolle regelmäßig die Pille geschluckt. Doch Almas Rechnung war nicht aufgegangen – Einsamkeit war der Preis, den sie seit über zwanzig Jahren für ihre Dummheit zahlte. Vielleicht hätte sie sich eines Tages an Ingo gerächt, aber der war ja schon vor zehn Jahren nach zwei Herzinfarkten gestorben.

Der Pechvogel mit dem Rollkoffer war nach links aus ihrem Blickfeld verschwunden, stieg sicherlich bereits die Treppe hoch zu seiner kleinen Wohnung im dritten Stock des Nachbarhauses. Ob er die Weihnachtsfeiertage allein verbringen müsste, so wie sie? Oder dürfte er seine Kinder in dem schönen Haus besuchen?

Alma hörte die Haustür zuschlagen und dann die Schritte der jungen Mutter unten im Hausflur. Es gab keinen Aufzug in diesem armseligen Hause, darum waren manchmal sogar zwei Kinderwagen neben der Tür zum Keller abgestellt. Wenn Alma bei ihrem seltenen Verlassen der Wohnung die Kinderwagen dort sah, durchfuhr sie eifersüchtiger Schmerz und Wut. Immer noch.

Die Mutter mit dem Kind musste es eilig haben, sie war schon an der Wohnungstür vorbei, als Alma durch den Türspion linste. Aber sie hörte das Baby greinen, hörte auch, wie die Mutter das Kind tröstete.
„Ja, meine Süße, gleich gibt es Essen und neue Windeln. Alles ist gut."
Wie tief und weich die Stimme der jungen Frau dabei klang! Ob sie selber auch so viel Gewese um ein eigenes Kind gemacht hätte, fragte sich Alma zweifelnd.
„Nein", dachte sie, „Kinder dürfen ihre Mütter nicht so terrorisieren."

Überhaupt, dieses Babygeschrei von oben brachte sie noch um den Verstand. Zwar drang es nicht besonders laut bis zu ihr durch, aber diese junge Frau übertrieb es einfach: Wann immer das Kind einmal schrie, spazierte

die Mutter mit ihm auf dem Arm durch die Wohnung. Alma konnte genau die Schritte auf den Dielen über sich hören, wenn sie den Fernseher auf stumm schaltete. Diese unermüdlichen Schritte würden doch jeden in den Wahnsinn treiben, davon war sie überzeugt.

Als sie deswegen einmal im Büro des Vermieters angerufen hatte, war sie ausgelacht worden. In einer Senioren-Wohnanlage wäre sie besser aufgehoben, wenn sie keine Kinder ertragen könne, hatte man ihr geraten. Das aber erlaubte Almas Rente nicht.

Damals, nachdem Ingo sie abserviert hatte, war sie an den Empfang der Firma versetzt worden. Danach hatte sie es nur noch ein Jahr in dem Betrieb ausgehalten. Der tägliche Anblick der neuen Geliebten des Chefs hatte Alma verbiestert gemacht, es gab Beschwerden über ihr Verhalten, schnell folgte die Kündigung. Die Suche nach neuer Arbeit gab Alma bald auf, mit über 53 Jahren war es aussichtslos, eine gute Stelle zu finden.

Während der Arbeitslosigkeit verbitterte sie zunehmend weiter; ihre einzige Freundin von der ehemaligen Arbeitsstelle konnte Almas dauerndes Jammern und

Schimpfen irgendwann nicht mehr ertragen und zog sich zurück. Die Miete stieg viel schneller als Almas Rente. Sie blieb einsam, ging kaum noch aus dem Haus. Ihre Lebensmittel wurden von einem Lieferservice gebracht. So war ihr Leben nun zusammengeschrumpft auf den Sichtbereich ihres Wohnzimmerfensters zur Straße hin.

Der Schneeregen hatte sich inzwischen in nasse, dicke Flocken verwandelt, wenn sie den Kopf stark reckte, sah Alma, dass der fallende Schnee sich wie kleine, schwarze Fetzen gegen den grauen Himmel abzeichnete. Sie richtete den Blick wieder hinunter zur Straße. Ein schlacksiger Junge mit einem schwarzen Hund an der Leine blieb stehen, weil der Hund sich hinhockte. Alma war überzeugt, dass der Bengel die Hinterlassenschaft des Tieres einfach liegen lassen würde, aber sie irrte sich.
„Bestimmt hat der Junge nur Angst, erwischt zu werden, wirkliche Rücksichtnahme kennt die Jugend heute doch nicht mehr", dachte Alma.
Kurz durchzuckte sie der Gedanke, ob sie heute einen solchen Enkel haben würde, wenn sie sich damals nicht für den Abbruch entschieden hätte.
„Ingo, dieser Schuft!", entfuhr es ihr.

Sie kniff die Lippen zusammen. Gerade noch in ihrem Blickfeld sichtbar, kamen drei Mädchen in warmen Jacken von der Seitenstraße in ihre Straße eingebogen. Sie alberten herum, schüttelten sich fast vor Lachen und warfen dabei die Köpfe unter ihren Kapuzen nach oben, als ob sie Schnee trinken wollten. Diese jungen Dinger lebten bloß im Augenblick und hatten ihre Zukunft noch vor sich. Alma saugte den Anblick neidvoll auf, dann schüttelte sie den Kopf.

„Wenn ihr wüsstest", murmelte sie, „wie schnell euch die Illusionen vergehen werden ..."

Die Mädchen gingen achtlos an ihrem Fenster vorbei in Richtung Einkaufszentrum, bestimmt wollten sie Weihnachtsgeschenke aussuchen. Alma zuckte mit den Schultern. Solche Probleme hatte sie nicht.

Vor bald zwanzig Jahren hatte sie das letzte Weihnachtsgeschenk gekauft, eine Jugendstil-Tischlampe für ihre Freundin Hanna. Doch Hanna hatte sich ihre Klagen über Ingo nicht länger anhören wollen und ihre Freundschaft schlief ein. Die außergewöhnliche Schmuckschatulle mit Spieluhr, die Alma zum letzten gemeinsamen Weihnachtsfest von der Freundin bekommen hatte, stand immer noch auf dem kleinen runden Tischchen

links von der Zimmertür. Manchmal strich Alma vorsichtig mit der Hand über die feine Intarsien-Arbeit.

„Darin kannst du ja die alten Geschenke von Ingo verstecken", hatte die Freundin damals das Geschenk kommentiert.

Alma hatte wirklich all die Ringe und Ketten, die Ingo ihr im Laufe der Jahre geschenkt hatte, hineingepackt und den Schmuck seitdem nicht mehr herausgenommen. Wehmütig betrachtete sie nun lange diese Spieluhr, darum sah sie nicht die kleine Frau im grünen Mantel, die sich unter einem roten Regenschirm mit eiligen Trippelschritten dem Haus näherte. Als völlig unerwartet die Klingel schrillte, fuhr Alma hoch. Sie schaltete die das Licht im Korridor an und ging zögernd bis zur Wohnungstür. Hatte sie etwa übersehen, dass irgendein Hausierer oder Spendensammler das Haus betreten hatte? Misstrauisch reckte sie sich und spähte durch den Türspion. Sie schnappte nach Luft, denn was sie sah, konnte doch gar nicht stimmen!

Mit zitternden Händen entfernte sie die Sicherheitskette und öffnete ungläubig staunend die Tür. Wirklich: Vor ihr stand Hanna, sie hielt ein Adventsgesteck in der

Hand und strahlte sie fröhlich an.

„Ich konnte dich nicht vergessen, Alma, wie geht es dir?“

Nach sehr langer Zeit lächelte Alma wieder.

Dezembergedanken

Es ist diese Jahreszeit
in der die Leute Mäntel kaufen
und alles, was vor Kälte schützt.

Es ist diese Jahreszeit
in der die Leute Glühwein saufen
und in Konsumpalästen alles blitzt.

Und in dieser Jahreszeit
da wird gekauft und Geld gegeben,
selbst an die Armen wird gedacht.

Es ist diese Jahreszeit
wenn plötzlich Weihnachtsmänner leben
und überall wird Licht gemacht.

Es ist diese Jahreszeit
da dürfen Kinder Wünsche haben
Musik und Lieder hört man jetzt.

Und in dieser Jahreszeit
sind tausend Sorten Schokoladen
zum Kaufen ins Regal gesetzt.

Es war in dieser Jahreszeit,
zweitausend Jahre ist das her,
da leuchtete im Orient

zu dieser Winterjahreszeit
ein unbekannter neuer Stern
vom endlos weiten Firmament.

Es war in dieser Jahreszeit
da folgten Menschen diesem hellen Licht
das stehen blieb am Stall vor einer kleinen Stadt.

Kalt war die Nacht in dieser Jahreszeit.
Im Stall dort war ein Ehepaar, das schlief noch nicht
ein Neugebor'nes lag bei ihnen, warm und satt.

Es war in dieser Jahreszeit
da schien das Bild im Stall den Menschen wie ein Zeichen
für eine Zukunft friedlich, ohne Not.

Nicht nur zu dieser Jahreszeit
hofft man, Kriegsherren zu erweichen,
dass sie nicht wollen andrer Menschen Tod.

Und immer noch in dieser Jahreszeit
da denken viele heute an den Frieden,
an Hoffnung, Liebe und Versöhnung.

Doch trotz der gleichen Jahreszeit
berichtet man von immer neuen Kriegen.
Trotz aller Wünsche, Licht und frommen Liedern
sind Not und Ängste längst Gewöhnung.

Smartphone-Weihnachten

Empfindung zerlegt in Einsen und Nullen,

digital durch das Netz gejagt,

wieder zusammengesetzt am Bildschirm

und manchmal dort zum Leben erwacht,

wenn du spürst, dass dein Herz erreicht wird

von echten Gefühlen, Gedanken, Gebärden

und du weißt: Dort ist ein Mensch.

Geweihte Nacht

Die längste Nacht des Jahres ist nun überwunden
Wir zünden Kerzen an, sie leuchten in das Dunkel
In dem die Welt noch immer liegt.
Wir denken an Verheißung eines Friedens
Der durch Geburt von Mirjams Sohn bei Bethlehem
Versprochen wurd' vor mehr als zwei Jahrtausenden.
Er sollte Heiland uns und Retter sein,
doch gejagt und verfolgt wurde er
und schließlich grausam ermordet.
Es heißt, er sei später wieder auferstanden
Damit unsre Hoffnung nie sterben muss.
Ihm lassen wir Weihnachtslichter strahlen
in unsterblicher Hoffnung.

Kein Nikolaus mehr

Hätten seine Eltern ihm bloß nicht den Namen Nikolaus gegeben! Mit elf Jahren hatte er deswegen schon mehr Spott und Hohn erfahren, als es einem kleinen Jungen gut tut. Unendlich oft hatte er die Sprüche über seinen fehlenden weißen Bart und roten Mantel hören müssen, oder die Klugscheißerei, dass es ihn, den Nikolaus, doch überhaupt nicht gäbe.

Anfang Dezember wurde es besonders schlimm, selbst die kleinen Mädchen aus den unteren Klassen fragten, ob er mit seinem Sack auch zu ihnen käme. Dabei kicherten sie albern und rannten schnell weg.

Am Nachmittag dieses vierten Dezember holte Nick heimlich einen staubigen Kartoffelsack vom Speicher, am fünften Dezember kaufte er im Billigladen unten in der Stadt einen Nikolausmantel samt Plastikbrille und Wattebart. Abends packte er seinen Schulrucksack prall-voll mit diesen Utensilien und dem zusammengelegten Sack. Als die Eltern schliefen, ging er hinunter und durch-stöberte den riesigen Schreibtisch des Vaters.

Am Nikolaustag trödelte er auf dem Schulweg. Der Pausenhof war schon leer, als er ankam, der Unterricht in den Klassenräumen hatte bereits begonnen. Nicki nahm aber nicht eilig die drei Stufen hinauf zur Schultür, sondern huschte in Richtung Fahrradschuppen und verschwand dahinter. Schnell zog er sich das Weihnachtsmann-Kostüm über, setzte die Brille mit dem angeklebten Bart auf, dann warf er sich den fast leeren Sack über die Schulter. Der Sack pendelte eigenartig auf seinem Rücken und der Bart versteckte sein Gesicht. Ungehindert erreichte er sein Klassenzimmer, griff in den Sack, riss die Tür auf und sah in die erschrockenen, ungläubigen Gesichter seiner Schulkameraden.

Das kreischende Mädchen in der zweiten Reihe war die erste, die vom Kugelhagel der halbautomatischen Pistole getroffen wurde.

Etwas unheimlich . . .

Mein Ritterstern ist unermüdlich,

Schiebt seine fünfte Blüte schon heraus!

Woher nimmt die Kraft er, frag ich,

Nur aus der Zwiebel? Oder gar aus meinem Haus?

Ein wenig Freude sollte im Advent er schenken

Doch jetzt gibt er mir doch zu denken:

Ich hab ihn nicht gedüngt und wenig nur gegossen,

warum bloß kommen immer neue Sprossen?

Nachthimmel

Wenn dicke Wolken Nachthimmel verdunkeln
Und kalter nasser Wind durch jede Fuge drückt
Bleibt ganz weit oben doch ein Sterngefunkel
Das in der Ferne Liebende beglückt.

Schneeweiß und rot

Aus der Ferne hatte er einen Schuss gehört und rannte los zum Schauplatz des heimtückischen Anschlags. Männer mit schweren Stiefeln hatten die Leiche schon entfernt und waren zum Auto oben am Waldweg gestapft.

Er sah, dass viele Zweige am Waldrand in den Schnee getreten waren, Spuren frischen Blutes leuchteten anklagend dort, wo die Kinder neben ihrer Mutter gesessen hatten, bis aus heiterem Himmel der furchtbare Knall die weiße Idylle zerriss. Ihm war, als ob das Entsetzen noch überall lauerte.

Voller Trauer senkte er den Kopf. Der Geruch von Blut stieg in seine Nase, Wut auf die Mörder überschwemmte ihn, dann überlegte er. Was war mit den Kindern geschehen? Hatten sie unversehrt fliehen können? Er hob den Kopf, schaute sich um, konzentrierte sich auf jedes Geräusch. Als er eine kleine Bewegung im kaum verschneiten Laub unter den Hainbuchen wahrnahm, erstarrte er für einen Moment.

Dann erkannte er die aufgerissenen Augenpaare seiner drei Hasenkinder, die dort verängstigt zusammenhockten. Er begrüßte sie mit schnuppernder Nase. Dieser Winter würde anstrengend werden für ihn.

Schlittenfahrt

Aufgeregt und heiser grüßen die Hunde
Unter dickem Fell ist jeder Muskel gespannt
bereit, zu stürmen, sobald es erlaubt.
Die Leine gibt nach und schon geht es los!

Begeistert glänzen die Augen der Hunde,
unter schwarzen Nasen leuchten rosige Zungen,
ein lustvolles Keuchen und das Rauschen der Kufen
ist Musik unbändiger Lebenslust.

Der Tiefschnee stäubt auf, verdeckt fast die Sicht
des Gastes im flitzenden Schlitten:
Sind schwarze Äste es nur, die er drüben erblickt,
Oder Geweih eines nordischen Rentiers?
Weiter geht die fantastische Fahrt
Begleitet vom freudigen Hecheln der Hunde.

Immer wieder Hoffnung

Selbst wenn die Nächte endlos scheinen
und Sonne sich nur selten zeigt
wissen wir doch, so wird's nicht bleiben
und setzen Licht auf grünen Zweig.

In dieser Zeit da warten wir
auf Friedenswunder für die Welt.
Ein Heiland war doch schon mal hier,
der brachte Liebe uns statt Geld.

Würden die Menschen doch erkennen
dass echter Reichtum sich in Zahlen nicht bemisst,
und Börsenkurse niemals nennen,
wie wertvoll Nächstenliebe ist.

Kontraste

Eisiger Regen schlägt in Fensterhöhlen ohne Scheiben
Ein kalter Wind zieht durch das Abbruchhaus
Er wirbelt altes Laub am Fuß der Treppe auf.
Der alte Mann zieht seine Decke weiter hoch
Und atmet Schnapsgeruch in seinen feuchten Schlaf-
sack.

Im weißen Einfamilienhaus mit Garten
Werden am Weihnachtsbaum die Kerzen nun gelöscht,
Geschenkpapier wird eingesammelt,
die Weihnachtslieder abgeschaltet.
Schlaft gut, ihr süßen Kinder, bleibt gesund und reich.

Liebe pünktlich zum Fest

„Du solltest mal wieder verreisen, das tut dir doch immer gut!"

Gleichzeitig mit diesem Rat greift meine Freundin Iris zu ihrer Handtasche und winkt dem Kellner, der zwei Tische weiter die Kerze im Weihnachtsgesteck auswechselt. Iris muss zurück in ihre Kanzlei und ich befürchte, ihr mit meiner gedrückten Stimmung das gemeinsame Mittagessen verdorben zu haben. Doch sie winkt ab, drückt meinen Arm und grinst nur fröhlich.

„Sag' mir Bescheid, wenn du dich für ein Urlaubsziel entschieden hast – vielleicht komme ich ja mit."

Wir holen unsere Mäntel von der Garderobe. Draußen ist es trüb, nasse Schneeflocken mischen sich zwischen die Regentropfen an diesem ersten Dezembertag. Draußen ziehen wir unwillkürlich den Kopf tiefer in unsere Kapuzen und meine Freundin rennt los zu dem Altbau um die Ecke, wo die Kanzleibüros sind.

Iris ist meine wertvollste Freundin, wir kennen uns seit der Schulzeit. Als mein Mann Jörg vor fünf Jahren plötzlich starb und ich mir nicht vorstellen konnte, ohne

ihn weiterzuleben, war sie eine großartige Hilfe, sie sorgte dafür, dass ich wieder ins Leben zurückfand. Auch ihr Lebenspartner Johannes hatte mir beigestanden in der trostlosen Zeit. Er ist ein Bilderbuchmann: sehr attraktiv, sehr intelligent und sehr großzügig. Ich gönne ihn Iris von Herzen. Mein Jörg war ganz ähnlich gewesen.

Er fehlt mir immer noch und jede neue Bekanntschaft vergleiche ich sofort unwillkürlich mit ihm. Genau dafür hatte mir Iris heute beim Essen den Kopf gewaschen und mir eindeutig erklärt, dass ich meine Liebe für Jörg nicht wegwerfen müsse, wenn ich mich auf einen neuen Mann einließe.

Dieser Gedanke gefällt mir. Aber so richtig freuen kann ich mich auch dieses Jahr nicht an der Weihnachtsbeleuchtung der Innenstadt und den bunt glitzernden Dekorationen in allen Läden. Bevor ich die U-Bahn zurück nach Hause nehme, schaue ich in meinem Lieblingsreisebüro vorbei. Mit der Chefin Andrea bin ich befreundet und erzähle ihr, dass ich einen Urlaub plane.
„Gute Idee, das freut mich", meint Andrea und überlegt: „Kurzfristig noch vor Weihnachten? Wie wäre es mit einer Kreuzfahrt?"

Sie sucht mir Sonderprospekte von drei Veranstaltern heraus. Andrea weiß, dass ich nun Ideen sortieren und im Internet recherchieren, aber schließlich doch über ihre Agentur die Buchung vornehmen werde.

Reisen war immer schon meine Leidenschaft, ich bin süchtig nach neuen Erfahrungen, doch seitdem ich allein bin, ist das Leben auch in dieser Hinsicht komplizierter geworden. Besonders auf Kreuzfahrten werden maßlose Zuschläge für Einzelkabinen erhoben, gerade so, als ob die gängigen Vorurteile stimmen würden, nach denen solche Schiffe überquellen würden mit allein reisenden Männern, die ausgerechnet hier eine Partnerin kennenlernen möchten. Das Gegenteil ist der Fall: für den unzweifelhaften Vorteil, mit dem Schiff bequem von einem zum nächsten Ort zu gleiten, zahlt eine Singlefrau nicht nur beinahe den doppelten Preis, sondern ist auf der Reise fast ausschließlich von Paaren oder gemeinsam reisenden, geschwätzigen Frauen umgeben. Ich kenne mich damit aus, habe das schon mehrfach erlebt. Aber ich suche ja gar keinen Mann, bin ich überzeugt, ich möchte doch bloß noch ein wenig mehr von der Welt sehen.

Zuhause studiere ich die Kataloge und befrage parallel Frau Google. Ich entscheide mich für eine zehntägige Route durchs östliche Mittelmeer mit griechischen Inseln, Zypern und Israel. Abfahrt ist in Venedig am siebzehnten Dezember. Iris schicke ich eine Mail mit dem Link zur Reisebeschreibung, denn anrufen möchte ich jetzt nicht mehr, es ist nach zehn Uhr abends und womöglich würde ich sie bei etwas Schönem mit ihrem Supermann stören. Soviel Rücksicht muss sein.

Hoffentlich kann sie sich freinehmen und mich begleiten, wünsche ich mir. Anschließend räume ich die Kisten mit der Weihnachtsdekoration aus dem obersten Regalfach im Abstellraum. Ein bisschen Weihnachten darf jetzt auch in meiner Wohnung sein.

Am nächsten Vormittag ruft Iris mich an.
„Da hast du einen guten Griff getan mit deinem Vorschlag!", sie klingt begeistert, „ich habe bisher nur zwei Gerichtstermine, das kriege ich hin, die wird ein Kollege übernehmen. Nach Israel wollte ich immer schon mal! Ich muss dort unbedingt ins Tote Meer abtauchen – falls das überhaupt geht. Die Kreuzritterfestungen dürften auch interessant sein, - na ja, überhaupt ist das ganze Land

doch voller Sehenswürdigkeiten."

Ich steige auf ihren begeisterten Ton ein.

„Dort haben wir zwei Tage Zeit, dann nehmen wir uns einen Leihwagen und rauschen einmal quer durchs Land. Natürlich nur, falls du nicht stundenlang in Bethlehem vor der Geburtskirche anstehen und dann hineinkrabbeln willst. Es soll sehr eng sein da drinnen."

Meine Freundin unterbricht mich lachend.

„Nee, das muss ich nicht haben. Selbst Weihnachten nicht. Hast du nicht gesehen, dass wir genau am fünfundzwanzigsten dort sein werden?"

„Falls wir noch eine Kabine bekommen – ich rufe sofort Andrea vom Reisebüro an, damit sie bucht."

Wir sind uns einig, dass wir uns nicht auf den Trubel bei den christlichen Stätten einlassen, sondern das Land erkunden wollen. Gegen Mittag ruft Andrea zurück und verkündet stolz, dass sie noch eine Doppelkabine für uns ergattern konnte. Ab sofort genießen Iris und ich die Vorfreude auf die Reise, dann jedoch packt mich das schlechte Gewissen.

„Sag mal, ist Johannes nicht sauer, wenn du über Weihnachten nicht da bist? Kannst du überhaupt weg?"

„Klar kann ich! Andernfalls müsste ich ihn dieses Jahr zu

seinen Eltern begleiten. Glaub' mir, unsere Kreuzfahrt ziehe ich diesem Besuch weitaus vor!", beruhigt mich meine Freundin. „Auf der Kreuzfahrt werden wir uns überhaupt nicht stressen lassen, da machen wir es uns nur gemütlich."

Die kurze Zeit bis zur Abreise verfliegt rasend schnell und ist gefüllt mit Alltagsdingen, die erledigt werden müssen sowie einem speziellen Einkaufsbummel zusammen mit Iris. Wir haben beschlossen, uns ein paar neue Klamotten zu gönnen, obwohl wir uns gegenseitig versichern, dieses Mal nur einen kleinen Koffer mitzunehmen, weil man ja sonst immer viel zu viel einpackt.

Als Iris und Johannes mich in den frühen Morgenstunden am siebzehnten Dezember abholen, ziehe ich den geräumigen, dunkelgrünen Koffer hinter mir her und will mich schon entschuldigen für das große Gepäckstück, als ich Iris' noch größeren Koffer entdecke plus einem gewaltigen Rucksack daneben.

„Oh, was hast du vor? Wir sind nur zehn Tage unterwegs!", grinse ich sie an, „willst du in großer Abendgarderobe den Kapitän verführen?"

„Kommt gar nicht in Frage", mischt sich Johannes ein, „das müsstest du schon selber übernehmen, Gela. Iris hat

bloß auf den letzten Drücker gestern Abend alles aus dem Schrank gerafft, von dem sie glaubt, dass sie es brauchen könnte, falls ihr für mehrere Wochen als Geiseln genommen werdet."

Ich finde es ausgesprochen nett von Johannes, uns bis zum Schiff nach Venedig zu bringen. Die Sicherheitskontrollen beim Einchecken machen es unwahrscheinlich, dass dieses Schiff irgendwelchen Geiselnehmern in die Hände fallen wird. Das Publikum, oder besser, die Mitreisenden, sind wie erwartet. Die meisten sind im Rentenalter und paarweise unterwegs. Zum Abendessen im weihnachtlich geschmückten Restaurant werden wir an einen großen runden Tisch platziert, den wir mit drei anderen Paaren teilen müssen.

Ich hatte vergessen, beim Restaurantchef einen bestimmten Tisch zu buchen, weil wir in unserer Kabine beim Koffer-Auspacken zu lange herumgealbert haben über die üppige, aber planlose Garderobenauswahl meiner Freundin Iris. Jetzt schauen wir uns verstohlen an, als wir unsere Tischnachbarn kurz in Augenschein genommen haben und denken ziemlich das gleiche: „Na gut, damit müssen wir jetzt leben!"

Zwei Frauen mit viel Modeschmuck sitzen rechts von mir, sie glitzern mit der Raumdekoration um die Wette, sind mindestens siebzig und haben einen unmissverständlich sächsischen Dialekt drauf. Ich verdrehe die Augen, denn es quält meine Ohren, wenn ein a wie ein o ausgesprochen wird. Iris kennt meine Aversion und stößt mich vorsorglich mit dem Fuß unter dem Tisch an. Ich soll mir bloß nichts anmerken lassen, bedeutet diese Ermahnung.

Links sitzt ein Ehepaar, sicherlich auch schon im Rentenalter, ihre Aussprache deutet auf eine Herkunft aus dem Ruhrgebiet hin. Nur bei dem Paar, das mir gegenüber sitzt, sinkt das Altersniveau deutlich. Ein sehr gut aussehender Mann, geschätzt Mitte fünfzig, mit – typisch! – einer ganz jungen Frau an seiner Seite. Richtig hübsch ist die sogar, und auch er ist unerhört attraktiv. Jetzt legt er besitzergreifend den Arm auf ihre Stuhllehne und erklärt ihr das Menü. Oder empfiehlt er ihr etwas?
„Warum lassen sich diese jungen Dinger immer von den Alten einfangen?", denke ich, „garantiert hat der Typ Geld! Nur das macht ihn sexy für sie und deswegen schnappen die kleinen Mädchen uns gestandenen Frauen sämtliche guten Männer weg."

Ich konzentriere mich auf die Hintergrundmusik, das fröhliche Jingle-Bells-Lied, um meine Laune zu heben, aber während der ersten Vorspeise schaue ich den Mann genauer an und bemühe mich, dies unauffällig zu tun. Jetzt hat er mich ertappt, blickt mir direkt in die Augen. Bilde ich mir ein kleines, amüsiertes Lächeln von ihm nur ein?

Zum Glück bringt der Kellner nun eine Suppe für ihn und ich kann mein Gegenüber genauer studieren. Weißgraue Haare, ziemlich lang und leicht strubbelig, – würde ich gern mal anfassen, seufz' – im schmalen Vollbart mischen sich schwarze und graue Haare, sein Hemdkragen steht lässig offen, ich erkenne einige Brusthaare, die bis zum sichtbaren Ausschnitt reichen. Super schlank ist er nicht mehr, was soll's, bin ich doch auch nicht mehr ...

Er schiebt seiner Freundin das Weinglas hinüber, schaut, ob wir alle mit Getränken versorgt sind und hebt das Glas.
„Auf eine gute Reise mit vielen schönen Erlebnissen!"
Wir antworten alle brav und nehmen einen Höflichkeitsschluck. Schon wieder hat er mich angeschaut und dabei

gelächelt.

„Muss ein Profi sein bei Frauen", denke ich.

Seine Freundin ist völlig unbefangen, sie genießt ihren Salat.

Iris stößt mich an und schaut etwas vorwurfsvoll.

„Ob wir nachher in die Show gehen?", will sie wissen, denn das Ehepaar links hat uns danach gefragt. Die beiden sind aus Dortmund, verraten sie, und ich bemühe mich um ein besonders strahlendes Lächeln.

„Ach, heute lieber noch nicht, ich will mich erst noch ein wenig auf dem Schiff orientieren, wir sind noch nicht dazu gekommen. Zur Seenot-Rettungsübung haben wir nur mit Mühe unseren Sammelplatz gefunden ... das war so peinlich", begründe ich meine Absage. Inzwischen klingt die Melodie von Rudolf, dem rotnasigen Rentier, durch den Raum.

Ich bin ungewöhnlich schweigsam während des Essens, denke viel zu häufig über den Mann nach, der mir gegenüber sitzt und suche nach Gründen, warum er eine derartig starke Wirkung auf mich hat. Was ist nur los mit mir? Dieser Mann fasziniert mich, zieht mich in seinen Bann. Im Geiste ermahne ich mich rüde: „Hör sofort auf

damit. Er ist vergeben. Reiß dich zusammen! Du kannst dich nicht in ein Gesicht verlieben."

Mein Verstand überzeugt mich ein wenig, schließlich weiß ich doch gar nichts von ihm.

Zwei Stunden später weiß ich etwas mehr. Nach einem gemeinsamen Spaziergang mit Iris über das Schiff und einer Zigarette auf dem offenen Deck ganz oben setzen wir uns für einen Drink in die große Hauptbar. Die Disco war uns zu laut und ziemlich voll, obwohl die meisten alten Herrschaften ein Deck höher versammelt sind bei Live-Musik und Tanz zu modern interpretierten Weihnachtsmelodien. Zwar ist auch unsere Bar gut besucht, doch wenigstens kann man sich hier unterhalten bei dezenter Hintergrundmusik.

„Ich werde mich nach und nach durch die Cocktailkarte trinken", verkünde ich, „heute nehme ich den obersten von der Liste."

Iris schüttelt amüsiert-vorwurfsvoll den Kopf.

„Ich bleibe bei meinem bewährten Margarita. Da weiß ich, was ich habe."

„Für dich ist Treue auch ein Muss ... für mich aber nicht!", gebe ich provozierend zurück.

„Gut, dass du mich daran erinnerst, was war eigentlich mit dir los beim Abendessen? Du hast den Typen mit seiner Tochter ja förmlich mit Blicken verschlungen", will Iris von mir wissen.

„Mit seiner Tochter? Woher willst du das denn wissen?"

„Bist du blind? Und hast du nicht gehört, dass sie ihn mit Papa angesprochen hat?"

Nein, das hatte ich nicht gehört, war wohl zu beschäftigt damit gewesen, seinen Anblick einzusaugen.

Bevor ich antworten kann, fällt ein Schatten auf das lächerlich niedrige Tischchen vor uns und ich lehne mich etwas zur Seite, um dem Kellner Platz zu machen, unsere Gläser zu servieren. Iris schaut überrascht fragend auf die Person hinter mir, ich sehe über meine Schulter und bin schlagartig hellwach. Mein Traummann steht dort, grüßt und fragt, ob er sich zu uns setzen kann, „mit dieser hübschen jungen Dame", fügt er fröhlich hinzu.

Meine Zustimmung klingt selbst in meinen Ohren übertrieben begeistert, doch das „Ach Papa, du musst nicht immer so angeben", von seiner Tochter entspannt die Situation.

‚Ein entzückendes Ding, diese Tochter', denke ich, ‚ganz der Vater'.

Sie setzt sich neben mich auf die gepolsterte Bank, Papa nimmt auf einem Sessel rechts von ihr Platz. Der Kellner bringt unsere Cocktails und wartet, damit die Neuen am Tisch ihre Bestellung aufgeben können. Die Tochter schaut mich an.

„Das sieht lecker aus", sie zeigt auf mein Glas, „was ist das?"

„Okay, bringen Sie für meine Tochter das gleiche und ich nehme ein großes Bier", sagt mein Traummann mit einer selbstbewussten Stimme, die mir jetzt geradezu unter die Haut fährt.

Während der nächsten halben Stunde erkenne ich, was mich so stark zu diesem Mann hinzieht. Wir sind schnell bei unseren Vornamen gelandet, Klaus ist unverkrampft selbstbewusst, dabei überhaupt nicht eitel oder arrogant. Seine Sprachgewandtheit und Intelligenz finde ich hinreißend und die kleinen, ironischen Wortgefechte, die wir uns liefern, machen mir unheimlich viel Spaß. Dieser Mann verkörpert genau die Mischung an Humor und Klugheit, die mich hinschmelzen lässt. Es gelingt mir aber nicht, ihm bei unseren Frotzeleien eine Information zu entlocken, die mir verrät, ob er überhaupt zu haben ist.

Klaus hat offenbar schon viele Bekannte auf dem Schiff, denn ständig wird zu ihm herüber gegrüßt und er antwortet jedes Mal mit einem charmanten Lächeln. Als er sich nach einer halben Stunde von uns verabschiedet, erscheint mir diese Bar plötzlich trist und dunkel. Iris ist natürlich aufgefallen, mit welcher Hingabe ich mit Klaus geplaudert habe und als sensible Freundin hat sie mir keine Konkurrenz gemacht, sondern sich mit seiner Tochter Katja unterhalten.

„Wenn ich diese Katja richtig verstanden habe, muss ihr Vater auf diesem Schiff eine Art Job haben, ich wollte die Kleine aber nicht drängeln, mehr zu verraten."

Dann lacht sie und zieht mich auf.

„Komm schon, ich sehe doch, dass du in ihn verschossen bist. Und wer weiß, vielleicht hast du dich ja in den Animateur der nachmittäglichen Bingo-Veranstaltung verguckt oder in den Chefmagier einer Zaubershow, der dich auf der Bühne durchsägen will."

Sie kichert albern bei dieser Vorstellung.

„Du spinnst ja. Dann würde er doch nicht mit den Passagieren im Restaurant essen!", fauche ich sie an.

Iris gibt sich ungerührt und wechselt das Thema.

„Weißt du was? Wir sehen mal im Casino zu, wie die Alten ihre hohen Pensionen verspielen."

In der Spielhölle wetteifern die blinkenden Automaten mit der weihnachtlichen Dekoration und dem Reiseschmuck der Damen. Hier scheinen sich fast nur britische und holländische Passagiere eingefunden zu haben. An einem Tisch wird Black Jack gespielt, aber ich kenne die Regeln nicht, von Roulette habe ich mich nur ein einziges Mal vor langer Zeit verführen lassen – das war mir eine Lehre und ich meide es seitdem. Iris kann dem Glücksspiel ohnehin nichts abgewinnen und beurteilt die Automaten als regelrecht betrügerisch, daher kommen wir ungeschoren aus dieser blinkenden und klimpernden Hölle heraus.

Vor dem Zubettgehen mache ich noch einen Spaziergang über die beiden offenen Decks. Wir haben die Adria und Italien hinter uns gelassen, rundum ist es dunkel geworden, aber Sterne sind sichtbar. Mir geht das Lied „Stern über Bethlehem" durch den Kopf und ich freue mich darauf, Israel kennenzulernen. Der zunehmende Mond leuchtet und lässt in der Ferne das Wasser schimmern. Die Schiffsmotoren drücken unser großes, schwimmendes Hotel unbeirrt und gleichmäßig durch die Wellen, der Seegang hat etwas zugenommen und verursacht ein ganz sachtes Schaukeln unseres Schiffes.

Dieses sind die Momente, weshalb ich Hochseereisen so sehr liebe.

Weil Iris immer viel Zeit im Bad benötigt, genieße ich die kalte Nachtluft, den Himmel über mir und das Rauschen der Wellen von unten. In Gedanken lasse ich die Begegnung mit Klaus Revue passieren und entdecke nichts, was ich an ihm auszusetzen hätte, selbst wenn er ein frauenzersägender Zauberer wäre. Als ich in der Tasche meiner dicken Jacke nach der Zigarettenschachtel krame, höre ich, wie sich rechts hinter mir die Tür vom Innendeck öffnet, wieder schließt und die Schritte eines Passagiers, der oder die vermutlich ebenfalls noch ein Zigarette rauchen will.

„Na, wollen Sie diese Zigarette da in Ihrer Hand auch rauchen, Gela? Dann möchte ich Ihnen gern Feuer geben."

Das ist unverkennbar Klaus' ironisch-amüsierte Stimme, die mein Herz höher schlagen lässt und ich drehe mich ganz schnell zu ihm um. Hoffentlich kann er mein selig-blödes Lächeln bei der schwachen Beleuchtung nicht sehen!

Möglichst neutral sage ich: „Welch' angenehme Überraschung", nehme die Zigarette in den Mund und er hält sein Feuerzeug daran. Der Wind bläst die Flamme sofort wieder aus, ich drehe dem Wind meinen Rücken zu und versuche die Flamme beim zweiten Zünden mit einer Hand zu schützen. Den gleichen Gedanken hat Klaus auch, daher berühren sich unsere Hände, wie ein elektrischer Schlag durchfährt es mich dabei. Erschrocken ziehe ich unwillkürlich scharf die Luft ein und muss fast husten. Klaus scheint nichts gemerkt zu haben, sondern zündet sich selbst in aller Ruhe eine Zigarette an.

„Ganz habe ich es mir leider noch nicht abgewöhnen können", er spricht zweifellos vom Rauchen, „aber doch schon sehr eingeschränkt. Und hier auf dem Schiff ist es besonders umständlich – doch jetzt werde ich für die Mühe entschädigt."

Er lässt offen, was genau er mit der Entschädigung meint. Raffiniert! Ich gestehe ihm, den Kampf gegen die Nikotinsucht bisher auch immer verloren zu haben.

„Aber hier muss ich jeweils zwei Decks hochlaufen, um rauchen zu können, habe es also zwangsweise reduziert", erkläre ich.

„Katja mag es gar nicht, wenn ich rauche. Sie hat Angst

um mich." Und nach einer kurzen Pause folgt: „Sie hat als Fünfzehnjährige ihre Mutter verloren. An Krebs."

Ich schaue wohl sehr betroffen, denn bevor ich eine mitfühlende Bemerkung formuliert habe, erklärt Klaus: „Wir waren schon lange geschieden, doch es hat mich trotzdem mitgenommen, schon wegen Katja. Kein Kind sollte so früh die Mutter verlieren."

Ich denke daran, wie sehr mein Sohn gelitten hat, als sein Vater starb.

„Oh, ja. Das ist schlimm und traurig. - Meinem Sohn ist es mit sechzehn ebenso ergangen, mit seinem Vater. Ich weiß ganz genau, was es bedeutet."

Ich kann bei meiner Antwort ein Seufzen nicht unterdrücken. Klaus beugt sich vor, als wolle er mir nahe sein, doch er sagt nur sanft: „Es klingt, als ob nicht nur der Sohn gelitten hätte."

Ich sehe zu ihm hoch, direkt in seine Augen, muss dann aber den Blick abwenden und starre auf die großen Nieten im Metallboden unter meinen Füßen.

„Ja, es war schlimm", bestätige ich.

Wir schweigen, dann sage ich: „Es ist jetzt fünf Jahre her."

Klaus antwortet lange nichts, doch dann fragt er leise: „Ist es immer noch sehr schlimm?"

Ich überlege und bemerke zum ersten Mal bewusst, dass der bekannte Schmerz nicht mehr so heiß hochschießt wie sonst, wenn das Thema auf meinen Jörg kommt. Es fühlt sich heute eher nach Wehmut an. Klaus wartet auf meine Erwiderung, es interessiert ihn wirklich, also antworte ich ihm ganz ehrlich.

„Heute ist es zu Wehmut geworden. Nur manchmal steigt der Schmerz noch akut hoch."

Klaus nickt, als sei er ein Psychotherapeut. In diesem Moment fühle ich mich von ihm angenommen und vertraue ihm ganz und gar. Wir rauchen schweigend zu Ende.

„Es wäre jetzt nicht gut, wenn du dich hier in der Kälte vergräbst", sagt er dann, „wir können uns doch duzen, oder? Ist das okay?"

Mit einem fast vergessenen Flattern im Bauch reagiert mein Körper schneller als meine Stimme auf diesen Mann.

„Völlig okay ist das, total richtig", antworte ich spontan, „ich habe mich doch bloß nicht getraut, es selber vorzuschlagen, um keinen falschen Eindruck zu machen ... und weil ich nicht weiß, was deine Tochter davon halten

wird", setze ich hinzu.

Ein offenes Lachen lässt seine Zähne aufblitzen.

„Wir machen es uns komplizierter, als es sein müsste."

Er lächelt hinreißend, scheint sich zu amüsieren und ich überlege, wie ich seine Äußerung interpretieren soll. Aber Klaus fasst nur leicht an meinen Arm und nimmt mich mit zur Tür, die er für mich öffnet, und hinter mir wieder zuzieht, denn der Wind macht sich deutlich bemerkbar.

„Mein Tag war für heute lang genug", sagt er, „hast du noch etwas vor?"

„Ich gehe in die Kabine, bestimmt ist Iris schon im Bett, auch wenn sie immer ziemlich lange braucht für ihre Vorbereitungen."

Wir gehen gemeinsam die Treppe hinunter, zwei Decks tiefer. Er bleibt stehen.

„Wo wohnt ihr denn?"

Ich zeige es ihm und er erklärt, dass er dann ja fast direkt über uns wohnt und auf uns aufpassen wird. Zu meiner Überraschung reicht er mir beim Abschied die Hand, es fühlt sich gleichzeitig aufregend und nach Verbundenheit an. Er hat schöne Hände, nur links einen diskreten Ring am Finger. Sieht ein bisschen wie ein Siegelring aus.

„Eine gute Nacht wünsche ich dir", murmele ich etwas

verlegen und er antwortet gut gelaunt: „Schlaf schön. Wir sehen uns morgen."

Damit dreht er sich um und geht den Gang zurück Richtung Treppenaufgang. Bevor er abbiegt, wirft er einen Blick zurück und erwischt mich dabei, wie ich ihm hinterher starre. Eine kleines Winken, schon ist er verschwunden.

Ich atme tief durch, schiebe die Bordkarte ins Türschloss und betrete die Kabine. Iris liegt bereits im Bett und liest ein langweiliges Sachbuch, doch sie richtet sich sofort auf, greift zum Nachttisch und wedelt mir mit der Bordzeitung entgegen. Darin stehen immer die Informationen für den nächsten Tag: Wetter, Fahrtroute, Hafen, Veranstaltungen, Abfahrtszeiten und dergleichen. Ich schaue sie fragend an.

„Was ist los? Gibt's spektakuläre Nachrichten? Ist das Schiff entführt worden, oder was?"

„Sieh dir mal die Veranstaltungen für morgen Vormittag an. Im vorderen Forum um elf Uhr. Du liebst doch Kulturelles so sehr!"

Sie grinst und ich werde ungeduldig.

„Nun sag schon, was los ist", fordere ich.

Sie liest vor: „Für unsere Literaturfreunde an Bord wird

der bekannte Erfolgsschriftsteller und Autor einer beliebten Krimi-Serie, Klaus-Oliver Hasseltor, aus seinem brandneuen Roman lesen. Diese begehrte Veranstaltung findet im Patio auf Deck neun statt und beginnt um elf Uhr. Wir empfehlen allen Interessierten, sich rechtzeitig einen Platz zu sichern. Während der Lesung servieren wir Ihnen edle Kaffee-Spezialitäten."

Dann zeigt Iris auf das schwarzweiße Foto des Krimi-Autors, das neben die Mitteilung kopiert wurde.
„Wenn ich nicht sehr irre, ist das dein Klaus..."
Ich schnappe ihr das Blatt aus der Hand und starre auf das Bild, während ich mich auf mein Bett sinken lasse. Das ist wirklich Klaus!
„Deshalb war er sich so sicher, mich unter fast 2000 Passagieren morgen schon wieder zu sehen", murmele ich.

Ich erinnere mich daran, dass ich ihm in der Bar erzählt hatte, wie leidenschaftlich gern und viel ich lese. Dass ich selber schreibe ... Wie gemein, da hätte er mir doch verraten können, dass er der angekündigte Erfolgsschriftsteller ist! Woher soll ich auch wissen, wie der aussieht? Die Fotos auf den Klappentexten haben mich doch

nie interessiert. Klaus scheint es mir aber nicht übel genommen zu haben, sonst hätte er mich ja oben an Deck sicher nicht angesprochen und anschließend zur Kabine begleitet.

Das alles berichte ich Iris nun und ende mit einem vehementen „Auf jeden Fall gehen wir dahin!"
„DU gehst hin! ICH habe einen Termin in der Beauty-Abteilung zur Massage und Kosmetikbehandlung – hat mir Johannes empfohlen, als ich vorhin mit ihm telefoniert habe." Iris grinst. „Ob diese Empfehlung wohl ein schlechtes Zeichen ist? Was will er mir damit wirklich sagen?"
Das ist eine rein rhetorische Frage, Iris weiß genau, wie gut sie aussieht und wie sehr Johannes sie liebt.

Obwohl ich noch ziemlich aufgewühlt bin von der Begegnung mit Klaus, schlafe ich diese erste Nacht an Bord gut, das leichte Schaukeln empfinde ich als angenehmes Wiegen. Nach einem ausgiebigen Frühstück ziehe ich mich nochmal schnell um und schelte mich gleichzeitig dafür. Möchte ich etwa bei Klaus Eindruck schinden? Er ist einfach nur ein freundlicher Mensch, wir sind uns zufällig begegnet und wir haben geplaudert. Mehr war nicht. Das schärfe ich mir ein, während ich

schon um halb elf zum Patio schlendere und unterwegs einen Blick auf die Verkaufsstände werfe, die nun auf dem Hauptdeck aufgebaut sind, um die Passagiere zum Shoppen zu verführen. Eigentlich schlendere ich nicht lässig daher, sondern muss energisch bis unelegant das Schaukeln des Schiffes beim Gehen ausgleichen.

Wir befinden uns auf der Höhe der Peleponnes, doch erst morgen legen wir in Chania auf Kreta an, heute ist nur Seetag. Das Wetter draußen ist kalt und regnerisch, die Wellen hier im Ionischen Meer haben es an diesem Vormittag in sich, überall sind Tüten ausgelegt für diejenigen, die schnell seekrank werden. Mich betrifft das nicht, Seekrankheit zählt nicht zu meinen zahlreichen Schwächen.

Hoffentlich ist Klaus-Oliver Hasseltor seefest, wünsche ich, damit nicht etwa seine Lesung ausfällt. Der Patio füllt sich trotz des Seegangs bald, ich habe einen Platz vorne seitlich von der kleinen Bühne gefunden, auf der jetzt ein Tisch mit Mikrofon, Stuhl und einer Lampe aufgestellt ist. Zehn Minuten später kommt Klaus mit seiner Tochter, er sieht sich um und steuert auf meinen Platz zu. Wow, der sieht heute aber richtig toll aus: rotes Hemd,

anthrazitfarbenes Jackett und schwarzer Schal. Ich bin schwer beeindruckt von ihm und tatsächlich kommt er zu mir, lächelt und fragt, ob seine Tochter mir Gesellschaft leisten kann. Katja scheint damit einverstanden zu sein, ich bin es sowieso.

Nachdem Klaus von einer hübschen Frau hinter die Kulisse geführt wurde, unterhalte ich mich mit Katja über das Wetter und die Reiseroute und biete ihr das Du an. Dann erzählt mir Katja von ihrer Australienreise direkt nach dem Abitur und dass sie jetzt im zweiten Semester ihres Journalismus-Studiums ist. Katja freut sich schon auf das Praxissemester bei einer großen Zeitung.
„Manchmal ist es schon von Vorteil, einen bekannten Schriftsteller als Vater zu haben", gibt sie freimütig zu.
Ich gönne ihr dieses Privileg, schließlich war sie nicht immer auf Rosen gebettet und musste den frühen Verlust ihrer Mutter verarbeiten.

Eine junge blonde Frau vom Animationsteam kündigt jetzt Klaus' Auftritt an, das Publikum begrüßt ihn mit begeistertem Applaus und dann beginnt er auch schon. Er skizziert die vorausgegangene Handlung des Romans und beginnt zu lesen. Das macht er fabelhaft.

Alle Zuhörer hängen an seinen Lippen, er spricht genau im richtigen Tempo, das entsprechend der Situation wechselt, hat eine besonders klare Sprache, eine geschickte Betonung und weiß, wo kleine Pausen zu setzen sind.

Nach dreißig Minuten wird die Lesung unterbrochen, heiße Getränke werden serviert. Katja und ich sündigen mit einer Art Lumumba-Schokoladengetränk, Klaus kommt kurz auf einen Mokka zu uns hinüber und nickt einem jungen Mann zu, der einen Wagen hereinrollt, voll gestapelt mit Exemplaren seines neuen Buches. Professionell gestaltet Klaus auch die zweite Hälfte der Veranstaltung und ich kann seine Fertigkeit, das Publikum in den Bann zu ziehen, nur bewundern. Zum Schluss erntet er Riesenapplaus, die Leute drängen nach vorn, um signierte Bücher zu kaufen. Katja ist zu ihm an den Vorlese-Tisch gegangen und hilft, die Wünsche nach speziellen Widmungen zu erfüllen. Ich winke ihr zum Abschied zu und suche Ruhe auf dem Außendeck. Die Poolbar ganz oben hat geöffnet, dort sitzen ein paar Raucher zusammen.

Mit Iris habe ich verabredet, hier auf sie zu warten, bis sie mit ihrem Verwöhn-Programm fertig ist, doch meine Gedanken kreisen ständig um Klaus, seine Wirkung auf mich und um die Frage, ob ein derartig perfekter Mann überhaupt jemals ohne Partnerin sein kann. ‚Ganz bestimmt nicht‘, dämpfe ich meine geheimen Hoffnungen, ‚und überhaupt hat er ja eine riesige Auswahl unter seinen zahllosen weiblichen Fans. An mich denkt er doch schon gar nicht mehr‘.

Der Kellner reißt mich kurz aus meinen pessimistischen Gedanken und ich tue ihm den Gefallen, einen Cocktail zu bestellen. Den zweiten von oben auf der Liste. Kurz danach kommt meine Freundin beschwingt auf mich zu. ‚Wie schafft sie es bloß, sich bei diesem Seegang noch so elegant zu bewegen‘, denke ich neidisch.

Iris spürt, dass mein Selbstbewusstsein angekratzt ist.

„Hej, ist was schiefgelaufen? Ist die Lesung ausgefallen? Oder hat dein Klaus sich blamiert?“

Fröhlich plaudernd betrachtet sie mich und setzt sich auf den Stuhl neben mir.

„Im Gegenteil, der Kerl ist zu perfekt. Mir wird gerade klar, dass ich keine Chancen bei ihm haben kann. Das ist alles.“

„Ja, ist er denn überhaupt Single?“, fragt sie jetzt und ich

muss zugeben, dass ich keine Ahnung habe.

„Na, das ist doch prima, dann haben wir wenigstens eine Beschäftigung. Nämlich genau das herauszufinden!"

Iris gelingt es immer, etwas Positives zu finden und ich lasse mich von ihrer Stimmung anstecken.

Gegen Abend ist meine Laune allerdings wieder abgerutscht, denn ich bin zwar verliebt wie ein Schulmädchen, konnte aber das Objekt meiner Wünsche in den vergangenen Stunden einfach nicht mehr entdecken. Zum Abendessen wähle ich einen dunkelgrauen Zweiteiler, der meiner trüben Stimmung entspricht, doch Iris besteht darauf, dass ich einen wild bunten Schal und meine schmale Diamantbrosche dazu kombiniere.

„Du siehst ja sonst aus wie eine düstere Abenddämmerung und verschwimmst draußen mit dem Horizont, dann kann dieser Klaus dich überhaupt nicht mehr finden", begründet sie ihr autoritäres Edikt.

Als wir am Eingang des Restaurants unsere Bordkarten vorlegen, überrascht uns der Mann, der die Karten in den Computer einlesen lässt und der gestern auf mich unendlich arrogant-kompetent wirkte, mit einem besonders freundlichen Lächeln und der Bemerkung:

„Herr Hasseltor ist bereits eingetroffen, er wartet auf Sie."
Klaus hat doch tatsächlich einen gemeinsamen Tisch reserviert, wie toll ist das denn? Ich strahle, Iris grinst frech.
Wir werden zu einem Vierertisch geführt, Klaus steht auf und lächelt uns entgegen. Ach, wie schön kann doch das Leben sein!

Das Abendessen ist ein Hochgenuss für mich, wobei mir ziemlich egal ist, was mir vorgesetzt wird, solange es kein Fisch ist. Wir trinken zusammen eine Flasche Wein, die Klaus ausgewählt hat, und sind eine ausgesprochen fröhliche Tischgesellschaft. Als wir aufstehen, scheint auch der Kellner glücklich zu sein über das Trinkgeld, das Klaus für ihn auf der Getränkerechnung notiert hat. Katja will anschließend mit ihrem Papa die Bordshops plündern, wie sie sich ausdrückt, und wir vereinbaren, uns um elf Uhr am Eingang zur Cafè-Lounge zu treffen.

Das Wasser unter uns ist stockfinster, als ich mit Iris das Außendeck betrete. Wir schließen unsere warmen Jacken bis hinauf zum Kinn und freuen uns, dass der Wind nachgelassen hat. Wir schauen aufs Meer und zählen die Lichter von anderen Schiffen. Ich bin entspannt und habe mich schon lange nicht mehr so glücklich gefühlt wie in

diesem Augenblick, der mir noch weitere schöne Momente verspricht, weil wir Klaus nachher wieder treffen werden.

Nach den Cocktails Nummer drei und vier am späten Abend in der Tanzbar nehme ich Klaus' Aufforderung zum Tanzen an. Ich ahnte ja, dass dies eine gefährliche Situation für mich werden könnte und so ist es auch. Eine Hand hat er seitwärts über meiner Taille, in der anderen hält er meine flatternde Hand. Ich berühre nur seinen Oberarm und dennoch glaube ich, von einer elektrisierenden Wärme durchströmt zu werden. Ich muss aufpassen, mich nicht zu sehr in seinen Arm zu schmiegen, denn alles in mir drängt sich zu ihm. Ich bin kaum imstande, seinem leichten Geplauder vernünftig zu antworten, denn immer wieder lächelt er zu mir hinunter und das lässt jedes Mal fast meinen Atem stocken. Nach drei Musikstücken macht die Kapelle eine Pause und Klaus führt mich an den Tisch zurück, wobei er seinen Arm um meine Schultern legt. Ich bin selig und wünsche mir, dieser Augenblick würde nie vergehen.

Mitternacht ist jetzt längst vorbei, doch Katja und Iris waren rechtzeitig oben an Deck zur „Sternenführung"

und erzählen uns begeistert, wie hell ein Stern namens Sirius gestrahlt habe und wie klar die Milchstraße zu erkennen war.

„Jetzt ist es kurz vor eins – hältst du noch etwas mit mir durch?", fragt Klaus mich, „dann könnten wir nämlich allein in aller Ruhe noch den Nachthimmel bestaunen."
Ich nicke begeistert.

„Na, dann viel Spaß, ihr Nachteulen", sagt Iris, „ich jedenfalls gehe jetzt schlafen. Wie sieht es bei dir aus, Katja?"

Katja will noch einen Blick in die Disco werfen, Klaus und ich begleiten sie. Rockige Weihnachtsmusik wird dort gespielt, aber in einer derartigen Lautstärke, dass ein Gespräch unmöglich ist. Deswegen gesellen wir uns in die tanzende Menge und vergnügen uns übermütig mit eigenwilligen Tanzbewegungen, die wir höchst kreativ immer wieder verändern und werfen uns dabei komische kleine Grimassen und Kusshändchen zu. Irgendwann fängt Klaus mich mit seinem Arm ein und geht mit mir aus der lärmenden Disco hinaus.

„So, da drinnen wird es mir zu laut und zu wild", erklärt er. „Wir holen uns jetzt warme Sachen und genießen dann den Sternenhimmel."

„Oh ja, das ist genau der richtige Abschluss für diesen

schönen Abend! In zehn Minuten treffe ich dich oben an unserer Stelle."

Wie beflügelt eile ich zu unserer Kabine. Iris schläft tief und trotz meiner animierten Stimmung schaffe ich es, in Pullover und warme Hose zu wechseln, ohne sie zu wecken. Vom Garderobenhaken schnappe ich mir die dicke Jacke und benutze den Lift, um nicht atemlos oben anzukommen. Klaus ist schon da und zieht an einer Zigarette, als ich zu ihm hinübergehe. Er nimmt eine zweite aus seiner Packung, zündet sie mir an und hält sie mir vorsichtig an die Lippen. Mir ist, als hätte ich einen zarten Kuss erhalten, ich fühle, dass ich rot geworden bin. Ob er es auch bemerkt? Eine Weile rauchen wir schweigend, stützen uns dabei auf die Reling und sehen, wie in der Ferne die Lichter von Chania schon zu ahnen sind.

Ich überlege, wie ich ihn dazu bringe, mir zu verraten, ob er eine feste Beziehung hat. Da ergreift Klaus als erster die Initiative.

„Gela", sagt er, „vermute ich richtig, dass du allein lebst, ohne Partner?"

Ich wende ihm mein Gesicht zu.

„Ja, du vermutest richtig. Genauso ist es ... merkt man das

denn etwa so leicht?"

Er scheint meine Augen zu studieren, so intensiv schaut er mich jetzt an, bevor er sagt: „Man merkt gar nichts, aber ich habe es gespürt. Und es mir gewünscht, weil ich auch allein bin – und mich einsam fühle. Seit einem Jahr schon", ergänzt er.

Seine Stimme ist leise geworden. Alles in mir jubelt, wie gerne möchte ich eine Gemeinsamkeit mit ihm aufbauen, doch wie soll ich ihm das nur sagen?

Hilflos flüstere ich also nur: „Ich würde gern dein Gegenüber sein. Ich liebe dich nämlich."

Ich sehe noch, wie etwas in seinen Augen aufglitzert, dann ist sein Mund auf meinem, seine Arme warm um meinen Körper geschlossen, seine Hände an meiner Schulter und meinem Nacken. Er küsst wunderbar, ich schließe die Augen, lasse mich in diesen Kuss hineinfallen.

Als ich Klaus kurz darauf in mein Ohr flüstern höre „Ich liebe dich mit allem, was ich habe", öffne ich vorsichtig die Augen, befürchte, aus einem Traum aufzuwachen. Aber dann sehe ich den hellen Stern von Bethlehem

über uns, so glaube ich, und das Gesicht meines wunder-
baren Klaus neigt sich mir wieder zu. Es ist kein Traum,
es ist wundervolle Wahrheit.

Ruhe

Du hörst das Atmen kaum
von Busch und Baum
im Winter

In Ruhe liegt das Land
der Wald als Band
dahinter

Ein Schlaf umhüllt Natur
sie träumt jetzt nur
vom Leben

kann Trost trotz Dunkelheit
in dieser Zeit
uns geben.

Ein Besuch

Müde erhob er sich aus dem Sessel, nur noch aus alter Gewohnheit reagierte er auf die Wohnungsklingel. Bestimmt hatte sich jemand geirrt, oder er sollte ein fremdes Paket annehmen. Warum sonst würde es an der Haustür klingeln? Es gab eigentlich keinen Grund mehr, mühsam zur Tür zu schlurfen.

Schon seit der Adventszeit im vorigen Jahr hatte er keinen Besuch mehr bekommen. Damals, kurz nach Ellis Tod, hatten noch einige Bekannte vorbeigeschaut, hatten ihm ein Kerzengesteck oder einen blühenden Weihnachtsstern vorbeigebracht, doch niemand hatte die Schwärze seiner Trauer durchdringen können. Schweigend hatte er seinen Besuchern die Hand gereicht, aber sie nicht hereingebeten. Dann war er zu seinem Sessel zurückgekehrt. Hier saß er immer, sprach mit Elli und verließ kaum je das Haus.

Dieses Jahr leuchtete ihm keine Kerze, kein blühender Stern erhellte seine dunkle Weihnachtszeit. Selbst Elli hatte ihm in der letzten Zeit nur selten noch geantwortet. Als er nun vom Wohnzimmer in den Flur trat, sah er, dass

die Tür nach draußen bereits offenstand, die Straßenla-
terne strahlte bis in den Eingang. Trotz Gegenlicht erkannte er sie sofort.

„Komm!", sagte Elli und streckte die Arme aus.

Winterperspektiven

Scharfe Konturen gegen ein Weiß,
das strahlend zurückwirft Licht der Sonne.
Die Amselfrau zeigt stolz Schnabelgelb,
äugt nach orangenen Schnäbeln von Männern.

Scharf stechen die Formen gegen den Schnee
von den Läufen und Köpfen achtsamer Rehe.
Noch die feinste Verzweigung im Geäst kahler Bäume
zeichnet Schwarz in blasses Hellblau des eiskalten Him-
mels.

Weißlich schimmert dort zartes Band,
ein Hauch von Wolken, die weich zerfließen.
Ponys mit Pelzfell heben den Kopf,
als wollten sie grüßen den einsamen Wandrer.

Löcher stapft er in den Schnee,
der Wandrer auf seinem Weg zur Höh',
in Gewissheit, dass die alte Mutter Natur
die Tage schon bald verlängert
und Dunkelheit wieder besiegt.

Neugieriges Elfenmädchen

Die junge Elfe war aufgewacht, reckte ihr Näschen hoch, schnupperte und sog einen unbekannten, süßen Duft ein. Die anderen schliefen ruhig weiter auf dem getrockneten Gras des vergangenen Sommers, nur ihre Schwester Isa hatte sich gedreht und einen Arm auf Maris freien Platz gestreckt. In der Baumhöhle der Elfenfamilie war es gemütlich warm und doch war ein verführerisches Aroma durch das Moos gedrungen, das die Eltern in den Eingang gestopft hatten, nachdem das goldene Herbstlaub von den Bäumen gefallen war. Über den Winter hatten sich alle Elfen zum Schlafen gelegt.

Mari schlich zum Eingang, zupfte ein wenig vom Moos beiseite und schob den Kopf hinaus. Der Wind, der draußen über die verschneite Wiese trieb, brachte immer neue Wellen des köstlichen Duftes heran. Noch nie hatte sie etwas so Wunderbares eingeatmet, es roch süßer als jede Frühlingsblume, fruchtiger als jede Waldbeere und würziger als jeder Pilz im Herbstwald.

Mari verdrängte alle Verbote ihrer Eltern, im Winter jemals die schützende Höhle zu verlassen, sie schob die

Klappe aus Rinde zur Seite und zwängte sich nach draußen. Dort neigte der Tag sich, eine frühe Dämmerung
setzte ein.

Ohne zu überlegen, hüpfte sie los über den Schnee,
immer der Quelle des Duftes entgegen. Sie beachtete
nicht die Warnungen des Eichelhähers, der schimpfend
von einem Ast der kahlen Eiche tschackerte. Maris Sinne
waren allesamt nur gerichtet auf den verlockenden Duft
und sie hielt erst inne, als sie am erleuchteten Fenster des
Hauses ankam, aus dem der himmlische Duft heraus-
strömte.

Als sie zum Fenstersims hinaufhüpfte, bemerkte sie,
dass ihre kleinen Füßchen schon blaugefroren waren,
auch ihre eiskalten Arme waren ziemlich steif geworden.
Sie presste ihr hübsches Gesicht gegen die Fensterscheibe
und fast stockte ihr der Atem bei dem Anblick eines Menschenjungen im Zimmer dahinter. Menschen waren die
größte Gefahr für jede Elfe, niemals dürfte eine Elfe einem groben Menschen begegnen, hieß es.

Der Junge im Haus hockte vor einem eisernen Ofen,
öffnete kurz einmal die vordere Klappe und schloss sie

schnell wieder. Mari hatte einen kurzen Blick auf flache, gelbe Plätzchen im Ofen erhaschen können und eine neue Welle des ausströmenden Duftes betäubte sie schier. Sie zitterte, ihr Köpfchen schlug ans das Fensterglas.

Der Junge erschrak und sprang auf, beugte sich nah an die Scheibe und verharrte bewegungslos, weil er seinen Augen nicht trauen mochte, die ihm ein wunderschönes, zartes Elfenmädchen zeigten. Jetzt sprang ein rotgestreifter Kater innen auf die Fensterbank, miaute und langte immer wieder mit den Pfoten zum Fensterriegel. Der Junge verstand. Er zerrte das Fenster auf, griff vorsichtig nach der kleinen, kalten Mädchengestalt und holte sie in die Wärme des Zimmers. Der Raureif auf den langen blonden Haaren des zarten Wesens taute auf tropfte auf den Küchentisch.

Mari starrte den Menschenjungen furchtsam an, als er begann, sehr vorsichtig ihre eisigen kleinen Füße und Hände warm zu reiben. Aber sie verstand seine Sprache, als er sie fragte: „Wer bist du? Wo kommst du her, mitten im Winter?"

Mari zögerte mit der Antwort und zwei Tränen kullerten aus ihren silbernen Augen.

„Ich darf hier nicht sein, ich bin eine Elfe", flüsterte sie schließlich, „ich muss schnell wieder heim. Es war der Duft aus deinem Ofen, der mich hergelockt hat."
Sie senkte den Kopf.

Der Junge lächelte, nahm ein Tuch und zog das Blech mit den Plätzchen aus dem Ofen.
„Sie sind jetzt fertig, nur deswegen musste ich doch hier auf den Backofen aufpassen. Aber gleich kommen die Eltern aus dem Stall zurück. – Soll ich dich in meinem Schrank verstecken?"
Der Gedanke gefiel ihm sichtlich, aber der rote Kater fauchte und Mari schossen weitere Tränen in die Augen.
„Bitte nicht, lass mich frei", jammerte sie.

Der Junge dachte nach und strich zart mit der Fingerspitze über ihre Wange.
„Mischa soll dich heimbringen, du wirst es warm haben in seinem Fell." Er lächelte Mari freundlich an.
„Ich bin froh, dich kennengelernt zu haben. Die alte Großmutter hat also doch recht gehabt. Es gibt euch Elfen wirklich!"

Dann reichte er Mari einen der hellbraunen, süß duften-
den Kekse.

„Hier! Ein Andenken für dich ... Vielleicht sehe ich dich im
Frühling einmal wieder?"

Mari nickte, nahm dankbar das Geschenk und lächelte glücklich. Kater Mischa forderte die federleichte
Elfe auf, sich auf seinem Rücken niederzulassen und gut
festzuhalten. Als die Mutter des Jungen ins Haus zurück-
kam, preschte der rotgestreifte Kater los. Mari flüsterte in
sein Ohr, zu welchem Baum er sie bringen musste.

Diamanten

Der Abendfrost hat auf Straßen und Wegen

uns zahllose Diamanten hin gestreut.

Ihr strahlendes Glitzern lockt zum Fortschreiten ein,

selbst wenn dem Funkeln Gefahr inne wohnt.

Nicht anders ist es mit dem Fortschritt der Technik.

Wir lassen uns locken und riskieren Gefahr.

Bombenalarm

Seit acht Tagen wartete sie auf eine Reaktion. War etwas schiefgelaufen mit dem Adventspäckchen? So lange hätte die Sendung doch nicht unbemerkt bleiben können, selbst im turbulenten Betrieb des Schwiegersohnes nicht. Warum meldete sich die Tochter nicht, um sich für das Geschenk zu bedanken?

Im Paketzentrum Würzburg schrillte in diesem Dezember zum ersten Mal der Bombenalarm. Die endlos langen Rollbänder mit Päckchen und Paketen stoppten abrupt, nur ein großer Karton rutschte noch mit einem „Plopp" auf ein tiefer gelegenes Band. Die beiden übermüdeten Mitarbeiterinnen im verglasten Kontrollraum schauten sich fragend an, bevor sie wie alle anderen Beschäftigten die eingeübte Routine absolvierten und ohne Hast die Hallen durchquerten, um zum Sammelplatz vor Sektor C 1 zu gelangen.

„Wetten, dass dies wieder nur ein Fehlalarm ist?", sagte die jüngere zu ihrer Kollegin, „gerade jetzt, kurz vor Schichtende! Ich muss doch pünktlich zuhause sein, sonst kommt Timo nicht rechtzeitig zur Schule. Und nachmittags wollen wir noch Weihnachtsgeschenke für seine

Oma besorgen."

Die andere zuckte mit den Schultern. Sie wollte bloß nach Hause und endlich schlafen.

„Das war's dann wohl mit pünktlichem Feierabend ...", war ihr übellauniger Kommentar.

Drei Männer des Werkschutzes konzentrierten sich auf die Steuerung eines mobilen Roboters, der sich nun jenem Bandabschnitt näherte, wo der Alarm ausgelöst worden war. Dort hatte es eine Explosion gegeben, ein zerrissenes Päckchen musste untersucht und entfernt werden. Die Männer fühlten sich sehr wichtig, endlich hatten sie eine andere Aufgabe, als lediglich die jetzt in der Hochsaison chaotisch parkenden Auslieferungsfahrzeuge zu dirigieren oder den Brandschutz zu überprüfen.

Die Greifarme des Roboters näherten sich millimeterweise dem Objekt, umfassten die Wellpappe vorsichtig dort, wo der Karton noch intakt war. Die Kamera fuhr heran. Die Werkschutzleute starrten gebannt auf ihren Monitor, doch nichts passierte. Eine undefinierbare graue Masse hatte sich an den beiden zerstörten Seiten des Päckchens herausgequetscht, das Etikett mit Adresse und Absender war jedoch noch lesbar.

„Ich glaube, wir können jetzt die Bombenspürhunde reinlassen. Ist die Polizei überhaupt schon da?"
Der Schichtführer blickte die jüngeren Kollegen an und Tom nickte eifrig. Es war sein erster Einsatz bei einem Bombenfund. Der Schichtführer griff zum Handy.
„Alles klar für euch, ihr könnt die Hunde reinschicken. Eine Adresse und den möglichen Absender haben wir schon."

Als sie von der Morgenrunde mit dem Hund zurückgekommen war, hängte sie die nasse Jacke im Badezimmer auf und setzte sich vor ihren Laptop. Sie würde einen Kurzkrimi zum Advent schreiben. Plötzlich blitzte blaues Licht vor den Fenstern und sie fuhr hoch. Fast gleichzeitig knallte es im Flur, als ob der Hauseingang explodiert wäre und sofort sprang auch die Wohnungstür auf. Drei vermummte Männer brüllten und richteten ihre Maschinenpistolen auf sie. Panisch riss sie den Mund auf, wollte verzweifelt nach Luft schnappen. Dann sackte sie zusammen. Plötzlicher Herztod, würde es später heißen.

Das Funkgerät des Einsatzleiters knackte und piepste, eine rote Diode leuchtete auf. Er schob den Helm

hoch und meldete sich. Schweigend hörte er die Nach-
richt.

„Was? Die Spürhunde haben die Bombe gefressen? Das
gibt es doch gar nicht ...“

Fassungslos sank er auf einen Stuhl und wandte sich mit
gedämpfter Stimme an die Kollegen.

„Es war gar kein Sprengstoff, Leute - bloß graue Haus-
macher-Leberwurst. Sie war wohl zu lange unterwegs,
die Folie ist geplatzt ...", murmelte er.

Es ärgerte ihn, dass seine Männer rücksichtslos lachten
neben der Leiche der Frau.

Auch Weihnachten wird gestorben

Ja, wir Menschen sind sterblich und jedes Leben endet
im Tod.
Wir sterben am Alter, an Krankheit, Hunger und Not.
Wir sterben in Katastrophen, beim Unfall, durch Armut,
in Kriegen.
Durch Terror sterben wir. Bilder zeigen zerfetzte Leichen
liegen.

Wenn ein altes Leben verlöscht, oder das eines Kranken,
trauern wir, behalten den Toten in unsren Gedanken.
Doch zahllose Opfer von Elend und Krieg sind Alltag geworden.
Können wir noch mitleiden bei all den fernen Morden?
Mit solchen Toten haben wir uns abgefunden, schon
lange.
Betrifft uns doch nicht! Der Krieg ist weit weg, bloß
keine Bange.

Wenn Unfälle und Katastrophen geschehen, schrecken wir auf,

fühlen uns hilflos verletzlich, beklagen des grausamen Schicksals Lauf.

Und wie vormals Göttern geopfert wurde, um Unheil abzuwenden,

so fließen heute auf Weihnachts-Galas werbewirksame Spenden.

Wenn aber Mord und Terror hier bei uns selber einschlagen

fehlen uns Muster, Rituale und Antworten auf Fragen.

Das blanke Entsetzen, von Angst und Wut überschwemmt,

spült Rachelust hoch, von aller Moral enthemmt,

doch ohne Erlösung von fragender Wut: Warum maßen Menschen sich an

zu entscheiden, dass ein anderer nicht mehr leben kann?

Verfrüht sind alle gewaltsamen Tode. Und bleischwer
das Wissen um Eskalation:
Ein neuer Bomber, ein weiterer Sprenggürtel, die
nächste Explosion.
In einer Welt voller Waffen bleibt Eintracht Illusion.
Friede auf Erden! Was heißt das schon ...?

Winterstarre

Kälte lagert über dem Land
Schneeschicht lügt gleisnerisch
auf den harten Böden der Felder.
Im Raureif erstarrt sind schwarze Wälder.

Nebel fällt kalt aus dem Himmel
Macht unscharf, was fein einmal war.
Beim Blick auf gefrorene Weite
erhebt sich bedrohlich die dunkele Seite.

Der Frost reicht tief in die Seelen
und Angst verschnürt unsere Kehlen.

Sturmwinds Orakel

Aus der Weihnachtsstube hinaus an Feldern entlang
wollt ich laufen, doch der Hund blieb stehen am Hang,
ich rief ihn und zog die Jacke noch fester zu.
Einsam war es hier, doch ohne Ruh,
denn ein Sturm toste den Berg hinauf,
kahler Wald hinter uns bremste nicht seinen Lauf.

Ich sah das Tageslicht schwinden und weil ich lauschte,
verstand ich die Worte, die der Sturm zu mir brauste.
Er sagte: „Ein eisiger Winter wird noch kommen."
Ich glaubte dem Sturm, hab' ihn deutlich vernommen.

Sein Weihnachtsgeschenk

Sylvia schob die breite, gläserne Terrassentür auf. Kalte Winterluft floss von unten herein und oben strömte die aufgeheizte Luft aus dem riesigen Wohnzimmer hinaus. Helmut war wieder einmal schlapp und müde sitzen geblieben, als sie ihn bat, ihr bei der Weihnachtsdekoration am Haus zu helfen. Heute war es doch trocken draußen, ein paar Schritte würden ihm sicherlich gut tun. Doch alles sollte sich immer nur um ihn und seine Krebserkrankung drehen – sie war es total Leid!

Seit Wochen hatte Helmut sie weder in die Oper noch zu einer Vernissage begleitet – könnte er nicht ein bisschen Rücksicht auf sie nehmen? Sich ein wenig an ihren Bedürfnissen orientieren? Wenn sie ihre Freundinnen traf oder zum Termin bei der Kosmetikerin musste, schien er sie vorwurfsvoll anzuschauen, das war nicht mehr zum Aushalten, fand Sylvia.

Andere Leute wurden doch auch krank, ohne sich so hängen zu lassen. Wenn er sie wirklich liebte, sollte er gefälligst kämpfen um sein Leben mit ihr! Aber nein, er

nahm seine Krankheit kampflos hin, war zum Schatten seiner selbst verblasst.

Schwungvoll zerrte sie die Kiste mit der Weihnachtsdekoration, die der Fahrer des Einrichtungshauses heute geliefert hatte, über die Terrassenschwelle. Gestern erst war sie in dem noblen Laden shoppen gewesen, doch Helmut interessierte sich überhaupt nicht für ihre Einkäufe, er ließ sich immer weiter tief in seine Depression fallen. Dabei wusste er doch, wie lebensdurstig sie war, wie sehr ihr Freiheitsdrang jetzt durch ihn eingeschränkt wurde. Wenn er nicht an ihrem Leben teilhaben wollte, sollte er endlich sterben, aber nicht so unästhetisch dahinsiechen!

Ästhetik, die hatte Sylvia immer gebraucht; Schönheit und Harmonie waren der einzig erträgliche Rahmen für ihr Leben. Dreißig Jahre lang hatte Helmut ihr diesen Rahmen auch geboten. Sie nahm die riesigen weißen Amphoren rechts und links von der breiten Schiebetür in Augenschein. Etwas Grün und viele Perlen würden die Gefäße stilvoll im Advent schmücken. Geschickt machte sie sich ans Werk.

Als auch die letzte Perle und das letzte Zweiglein zu ihrer Zufriedenheit arrangiert waren, kehrte sie in den Wohnraum zurück. Helmuts Hautfarbe war fast so elfenbeinweiß wie die Polsterlandschaft, in der er jetzt winzig und zusammengeschrumpft wirkte. Er öffnete die Augen erst, als Sylvia ihm eine edle Kristalltulpe mit Champagner reichte. Er nahm nur einen winzigen Schluck und warf dabei einen tieftraurigen Blick auf seine makellose Frau.

Sylvia musste sich sehr beherrschen, um nicht herauszuschreien, wie grausam Helmut ihr Leben zerstörte und dass sie kaum noch atmen könne in dem Leid, das er ausströmte. Sie presste ihre langen, gestylten Fingernägel in die Handflächen und kniff die Lippen zusammen.

„Dann werde ich wohl gehen müssen", sagte Helmut plötzlich mit dumpfer Stimme.
Sylvias Mund öffnete sich in Überraschung, eine winzige Hoffnung auf Freiheit keimte in ihr auf. Hatte Helmut ihre Gedanken gelesen?

„Hol mir doch bitte die Stickstoffflasche unten aus dem Labor herauf, ich schaffe es selber nicht mehr …"
„Mein Schatz, ich tue alles, was du möchtest."
Mit flinken Schritten eilte Sylvia hinüber zur Diele.

Als sie atemlos mit der schweren Flasche aus dem Keller zurückgekehrt war, den Schlauch für das Ventil um den Hals gehängt, zeigte Helmut schweigend zur Terrassentür. Sylvia schob den schweren Glasflügel erneut auf und setzte die stählerne Form mit dem Gas darin zwischen den Amphoren ab. Sie schaute ihren Mann aufmunternd an.
„Ja, gut, jetzt zieh mir noch die Rattanliege hierher. Und eine Decke brauche ich noch …"
In Helmuts Stimme mischte sich Resignation mit trauriger Entschlossenheit.

Sylvia lobte sich innerlich für ihre eifrige Hilfsbereitschaft, als sie die Alpakadecke auf der Liege ausbreitete, dann ihren Mann unterstützte, sich auf der Liege niederzulassen und ihn anschließend mit der gesteppten, weinroten Daunendecke vom Sofa zudeckte.

Das Bild, das sich ihr bot, war fast perfekt. Helmut lag wie aufgebahrt genau zwischen den wunderschön dekorierten Amphoren, schnell stellte sie noch zwei Windlichter rechts und links neben die Liege. Die grüne Gasflasche rückte sie genau mittig über das Kopfende und reichte ihrem Mann den Schlauch.

„Mein Weihnachtsgeschenk für dich dieses Jahr. Deine Freiheit. – Dreh das Ventil jetzt auf."
Helmuts Stimme war heiser bei seinen Abschiedsworten. Dann atmete er tief und ruhig, aber nicht mehr lange. Sylvia fand es schade, dass ihm der Schlauch zum Schluss aus dem Mund glitt und die Symmetrie gestört war. Doch sie war zufrieden. Helmut hatte Stil bewiesen.

Hybris oder Elite?

Sie glaubt, das wäre zweierlei,

nicht Hochmut nämlich, sondern Stolz

auf ihren auserlesenen Geschmack,

der sie bewogen hat,

sich die antike gold'ne Schale

im Wert von tausenden von Euros

zu wünschen letztes Weihnachtsfest

und nun im Hauseingang zu präsentieren,

dort, wo sie jeden Brief, der sie um Spenden bittet,

akribisch klein zerreißt und seine Fetzen

verächtlich in die gold'ne Schale wirft,

denn sie ist überzeugt,

ein jeder könne wunschgemäß

die eignen Lebensweichen stellen.

Nein, gute Frau, Elite ist das nicht,

doch Hybris schlimmster Art.

Winter: Für und Wider

Schneegeglitzer – Augen blenden

Marzipan und Schokolade – Hosenbunde werden eng

Lichterschmuck in Haus und Gärten –

die Stromrechnung steigt ungemein

Weihnachtsmarkt mit heißem Glühwein –

wacklig wird der frohe Schritt

Eiskristall wie Diamanten –

Autoreifen rutschen weg

Frost umpelzt die kahlen Zweige –

Vögel schauen hungrig aus

Kälte draußen klärt die Luft -

Heizungskosten schrecken uns

Kinder können Schneemann bauen –

Hände werden kalt und nass

Schlittenfahren macht viel Freude –

doch zurück bergauf geht's schwer

Weiß verzaubert jede Landschaft –

hungrig' Tiere haben schwere Zeit

Köstlich schmecken Weihnachtsplätzchen –

doch wer räumt die Küche auf?

Himmlisch klingen Chor und Geigen -
wär' die Kirchenbank doch bloß bequemer
Schneefall bleibt so herrlich leise –
doch Schneeschieben kratzt sehr laut
Und mittendrin auch Weihnachten -
Kaufrausch, Hektik und viel Arbeit
Voll Freude wird das Fest erwartet –
doch abends ist man früh schon müde
So ist der Winter wie das Leben –
alles hat zwei Seiten eben.

Irgendwo ist immer Licht

Irgendwo ist immer Licht,
Der Erdball dreht sich nur im All.
Mal nimmt uns Dunkelheit die Sicht
Und Finsternis liegt überm Tal,
Doch wissen wir, es wird auch wieder hell
Im Draußen und im Drinnen,
Die langen Schatten werden schnell
Im neuen Licht verrinnen.

Schneewanderung

Unter grauem Himmel sind wir losgezogen,
denn oben am Berg lockt der Schnee blendend weiß.

Längst haben wir schwarze Straßen verlassen
und wandern zum Licht, das der Schnee uns verspricht.

Was im Sommer so grün, sind nun weiße Flächen,
gebrochen von Linien aus Hecken und Wald –
wo die Vögel suchen ihr tägliches Mahl.

Einsame Bäume starren schweigend ins Land,
schlafen lautlos, ergeben sich Winter und Sturm.

Auch wir ziehen schweigend, der Schnee nur gibt Laut,
wenn er knarrt unter schwerem Tritt,
weil wir Pfade zeichnen ins ruhende Land.

Überm Berg klart der Himmel langsam auf,
helles Blau zeigt sich nun und Sonne trifft Schnee.

Aus Diamanten ein Meer schwillt strahlend heran,
überwältigt die Augen mit blendendem Funkeln.

Der Blick zurück zeigt unten das Dorf,
wie es weihnachtlich badet in Gold und in Silber.

Vierter Advent

Wir warten.

Immer noch. Seit Jahrhunderten

Darauf, dass ein Versprechen eingelöst wird.

Dass einer ankomme,

der die Welt heilt.

Oder eine Frau, als Heilerin der Welt.

Wir warten auf eine Ankunft,

die uns von dem Übel erlöse

aus Gier und Konkurrenz, aus Angst und Hass.

Damit endlich Frieden sei und Gerechtigkeit

Und ein Leben für alle.

Weihnachtsausflug 2038

Grau und nass fiel flockiger Niederschlag vor den großen Scheiben ihrer Wohnung in die Tiefe. Bunte LED-Ketten waren über die Straßen zwischen den Häusern gespannt, vor zwei Wochen hatte die Bezirksverwaltung sie aufhängen lassen, um Erinnerungen an fröhlichere Weihnachten zu wecken.

An diesem arbeitsfreien Tag verspürte die junge Frau eine große Sehnsucht nach Stille und klarer Luft, wollte ihren Blick nicht länger von Schluchten aus Beton einengen lassen. Sorgfältig bereitete sie ihren dreijährigen Sohn für den Weihnachtsausflug vor, orderte per App ein Auto in die Station unter dem Haus und ließ sich aus der Stadt hinaussteuern.

Nach 250 Kilometern atmete sich erleichtert auf. Sie hatte das Fahrzeug anhalten und die Autoscheiben herunter fahren lassen. Die Gasmaske hatte sie abgenommen, ließ die pure, kalte Außenluft tief durch ihre Lungen streichen. Der dumpfe Geschmack im Rachen verschwand allmählich. Bei der Fahrt durch die freie weiße Landschaft hatte es noch fast zwei Stunden gedauert, bis

die Warnanzeige für Stickoxide in den grünen Bereich gefallen war und das Messinstrument für radioaktive Gase endlich tolerable Werte anzeigte.

Wie herrlich sauber die Winterwelt hier strahlte! Die junge Frau öffnete die Autotür, setzte den Fuß in den Schnee am Straßenrand und freute sich über das knirschende Geräusch dabei. Dieser Klang erinnerte sie an die Freiheit ihrer Kinderjahre.

Lächelnd stieg sie aus, reckte sich wohlig, öffnete die hintere Wagentür und befreite das Kind aus der Klimabox auf dem Rücksitz. Sie drückte den Kleinen an sich, behielt ihn auf den Armen und rannte durch den aufstäubenden Schnee in Richtung des kahlen Waldsaumes. Zwei echte Rehe flüchteten in den Wald. Sie jauchzte in heller Freude auf. Mitten auf der zugeschneiten Wiese blieb sie stehen und drehte sich übermütig lachend um ihre eigene Achse. Ihr kleiner Sohn schaute verwundert und ängstlich in ihr Gesicht.

Außer Atem hielt sie inne. „Mein Gott, warum muss ich so weit fahren, nur um einmal mein Kind draußen in ungefilterter Luft küssen zu können?", seufzte sie, „vor

zwanzig Jahren war die Welt doch noch in Ordnung."
Sie setzte den kleinen Jungen ab. Doch er wagte nur drei
unsichere Schritte.

Zeit ist ewig

Es stimmt doch gar nicht, dass die Zeit verrinnt.

Sie war schon immer da und wird es bleiben,

auch wenn ein neues Jahr beginnt.

Doch wir versuchen, Ewigkeiten einzuteilen,

um Position zu finden und Bedeutung auf dem Strahl

der Zeit.

Wir wollen gliedern, stückeln und die Zeit verwalten

- vergeblich Mühe angesichts von Ewigkeit!

Nicht Leben und nicht Zeit lassen sich halten.

Abendspaziergang

Richtig durchgepustet hat mich der Wind

und kalt war es da oben vorm Wald.

Hätt ich den Hund nicht,

ich wäre nicht aufgebrochen

ins feindliche Wetter.

So aber habe ich Bilder bekommen

des aufsteigenden Vollmonds

und des leuchtenden Abendsterns

trotz drohender Wolkenballen,

die eilig getrieben wurden

vom heraufziehenden Sturm.

Sie zogen ganz niedrig über den Berg,

ließen den Blick frei auf Venus und Luna,

die weit über uns unbeirrt strahlten.

Paradies

Das müssen doch tief menschliche Sehnsüchte sein, seit Jahrtausenden vorhanden und überliefert in den Büchern der Propheten im Alten Testament. Sie gelten nicht nur für Christen und nicht nur zu Weihnachten.

Was wir dafür tun können, damit die Prophezeiungen sich erfüllen: die Voraussetzung bewirken für Jesajas wundervollen Bilder, nämlich Frieden. Schaffen wir uns wenigstens zuhause einen kleinen Frieden, der sich ausbreiten und alle Menschen bald erreichen möge.

„Täler sollen erhöht werden und alle Berge und Hügel sollen erniedrigt werden, und was ungleich ist, soll eben, und was höckericht ist, soll schlicht werden (Jesaja 40,4). Da wird der Wolf bei dem Lämmlein wohnen, der Leopard bei dem Böcklein niederliegen. Das Kalb, der junge Löwe und das Mastvieh werden beieinander sein, also dass ein kleiner Knabe sie treiben wird. Die Kuh und die Bärin werden miteinander weiden und ihre Jungen zusammen lagern. Der Löwe wird Stroh fressen wie das Rindvieh. Der Säugling wird spielen am Loch der Otter

und der Entwöhnte seine Hand nach der Höhle des Ba-
silisken ausstrecken (Jesaja 11,5–9).

Da werden sie ihre Schwerter zu Pflugscharen und
ihre Spieße zu Sicheln machen. Denn es wird kein Volk
gegen das andere ein Schwert aufheben, und werden
hinfort nicht mehr kriegen lernen (Jesaja 2,4). Ein jegli-
cher wird unter seinem Weinstock und Feigenbaum
wohnen ohne Scheu (Micha 4,3). Denn siehe, ich will einen neuen Himmel und eine neue Erde schaffen (Jesaja
65,17)."

Die Autorin:

Viel erleben und darüber schreiben - das war und ist mir wichtig im Leben. Ich liebe das Reisen, sammle liebend gern neue Erfahrungen, führe Gespräche mit vielen Menschen und kann gut zuhören - daraus entstehen vieler meiner Geschichten.

Aufgewachsen bin ich in einer westfälischen Kreisstadt in der spießigen, oft verlogenen Atmosphäre der Nachkriegszeit. Schon ganz früh habe ich mich danach gesehnt, in die weite Welt hinausgehen zu können und die meisten meiner Träume konnte ich auch verwirklichen. So habe ich mit der Familie an vielen Orten und in mehreren Ländern gelebt. Studiert habe ich Landespflege und Englisch, zusätzlich eine Ausbildung als Touristikkauffrau gemacht.
Zwei Kinder und ein wunderbarer Ehemann haben mein Leben stark geprägt, aber auch der viel zu frühe Verlust meines Mannes.

Aber nun bin ich wieder neugierig auf die bunte Welt um mich herum, interessiere mich für meine Mitmenschen, für Gesellschaftspolitik und liebe die Vielfalt der Natur - und meinen Hund.